Les Ninjas de l'Eau

NARUTO
© 1999 by Masashi Kishimoto
All rights reserved
Original manga first published in Japan in 1999 by Shueisha Inc., Tokyo
This French language chapter book novelisation is based on the original manga

© Hachette Livre 2008, pour la présente édition en langue française
Tous droits réservés
Novélisation à partir du manga original : Elizabeth Barfety
Conception graphique du roman : Valérie Gibert et Philippe Sedletzki
Les illustrations intérieures issues du manga sont colorisées par ordinateur
et ne sont pas des illustrations originales

Hachette Livre, 43, quai de Grenelle, 75015 Paris.

Masashi Kishimoto

Les Ninjas de l'Eau

LES PETITES LEÇONS DE KAKASHI : "LES CINQ GRANDS PAYS NINJAS"

TSUCHI NO KUNI : "PAYS DE LA TERRE"

KAMINARI NO KUNI : "PAYS DE LA FOUDRE"

MIZU NO KUNI : "PAYS DE L'EAU"

HI NO KUNI : "PAYS DU FEU"

KAZE NO KUNI : "PAYS DU VENT"

LES CINQ GRANDS PAYS	LE VILLAGE NINJA DE KONOHA	LE VILLAGE NINJA DE KIRI	LE VILLAGE NINJA DE KUMO	LE VILLAGE NINJA DE SUNA	LE VILLAGE NINJA D'IWA
	HOKAGE	~~ MIZU-KAGE ~~	RAIKAGE	KAZE-KAGE	TSUCHI-KAGE

Naruto vit dans un monde divisé en plusieurs Pays. Et au cœur de chaque Pays, on trouve un village caché. C'est là que vivent la majorité des Ninjas d'un Pays, notamment les chefs Ninjas. Naruto, lui, habite dans le village caché du Pays du Feu, Konoha, qui signifie « le village caché de la feuille ». Le chef des Ninjas de Konoha porte le titre de Hokage.

Le Pays du Feu est entouré d'autres Pays, tels que le Pays du Vent, le Pays de la Terre, le Pays de la Foudre ou encore le Pays de l'Eau.

Il y a douze ans, un démon renard à neuf queues terrorisait la région de Konoha. Ses queues étaient si puissantes que, d'un simple battement, elles soulevaient les montagnes et déclenchaient des raz de marée. Bien décidés à sauver leur village, les habitants réunirent une troupe de Ninjas. Le plus brave d'entre eux parvint à enfermer la bête... mais son exploit lui coûta la vie. Ce valeureux Ninja était le quatrième maître Hokage.

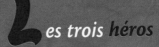

Naruto a douze ans, et il est orphelin. Le démon renard a été scellé en lui quand il était bébé, et depuis, les habitants du village le craignent ou le détestent. Du coup, son enfance a été très solitaire… Mais ça ne l'empêche pas d'être un garçon rieur, qui ne manque jamais une occasion de faire une blague. C'est aussi un cancre qui a beaucoup de mal à suivre les cours de l'académie des Ninjas !

SAKURA

Sakura est une jolie jeune fille, qui plaît beaucoup à Naruto… même si elle est très complexée par son front, qu'elle trouve trop grand. Il ne faut pas se fier à son air de jeune fille bien élevée : Sakura est très déterminée ! Si elle espère devenir un grand Ninja, c'est un peu pour être avec Sasuke, dont elle est amoureuse depuis toujours…

SASUKE

Sasuke est un garçon mysté-rieux, très apprécié des filles. Lui aussi est orphelin : il est le descendant d'une des plus célèbres familles de Konoha, le clan Uchiwa. Solitaire, il ne parle pas beaucoup, mais c'est un élève brillant. Il travaille sans relâche pour devenir toujours plus fort. Sa volonté de fer lui vient d'un secret qu'il est le seul à connaître…

Équipement

Les Ninjas portent tous un bandeau Ninja, avec le symbole de leur village caché. Les armes les plus utilisées par les Ninjas sont les Shuriken, des étoiles qu'on lance sur l'adversaire et les Kunaï, des poignards qui peuvent également être jetés ou bien servir en combat rapproché.

Techniques

Les Ninjas utilisent plusieurs techniques de combat, aussi appelées jutsu. Elles se divisent en trois catégories.

La plus courante est le Ninjutsu. Il s'agit de toutes les techniques de combat qui demandent au Ninja d'exploiter son chakra – qui est l'énergie vitale du Ninja – et de composer des signes avec ses doigts. Par exemple, la métamorphose est une technique de Ninjutsu.

Le Taijutsu est l'art du combat rapproché. Il fait appel à la force physique. Les techniques de Taijutsu sont surtout des parades, des coups de poing et de pied. Rock Lee est un pratiquant du Taijutsu.

Le Genjutsu est l'art de créer des illusions. Les techniques de Genjutsu permettent de manipuler l'adversaire, en modifiant sa vision de l'environnement, par exemple.

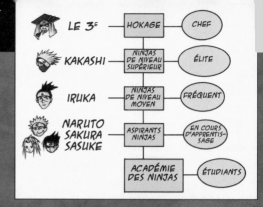

Grades

Il existe différents grades chez les Ninjas. Tous doivent d'abord passer par l'académie Ninja, où un **senseï**, c'est-à-dire un professeur, leur apprend les techniques de base.

Une fois diplômés, ils deviennent **aspirants Ninjas**.

Ils sont alors regroupés en équipes de trois, sous la direction d'un Ninja de niveau supérieur. Ils peuvent accomplir des missions simples.

Après un examen très difficile, ils peuvent passer **Ninja moyenne classe**. Ils sont capables de réussir des missions plus dangereuses. C'est le grade d'Iruka, professeur à l'académie.

Le grade suivant est **Ninja de niveau supérieur**.

Il est réservé aux Ninjas d'élite, qui ont montré des qualités exceptionnelles. C'est le grade de Kakashi.

Enfin, le grade le plus élevé est celui de **Kage**, chef de tous les Ninjas. Le maître Hokage est l'homme le plus puissant de tout le Pays du Feu.

Résumé du tome précédent

Naruto, Sakura et Sasuke passent l'épreuve de Kakashi. Naruto fonce sans réfléchir, et tombe dans les pièges du professeur. Sakura, elle, est vaincue par les illusions de Kakashi. Sasuke est à deux doigts d'y arriver... mais il manque de temps. Kakashi finit par leur révéler le secret de l'épreuve : l'esprit d'équipe. Finalement, les trois élèves comprennent la leçon, et réussissent le dernier test. Les missions peuvent commencer !

CHAPITRE 1

Mission Tora

Naruto, Sakura et Sasuke se faufilent sans un bruit au cœur de la forêt qui borde Konoha. D'un regard, ils vérifient leurs positions, soigneusement plaqués contre les troncs d'arbre.

— Cible en vue ? lance Kakashi.

Il s'adresse aux trois aspirants Ninjas grâce à un petit micro. Leurs voix résonnent aussitôt dans son oreille.

— Oui, à cinq mètres ! Je suis en position, donnez-moi le signal !

— Ici Sasuke ! En position !

— Ici Sakura ! En position !

— Bien, lance Kakashi. Allez-y !

D'un même mouvement, les trois aspirants bondissent vers une mystérieuse forme noire. Avec un cri de triomphe, Naruto referme ses bras sur… un petit chat !

Raah, mais arrête de me griffer, sale boule de poil !!

Miaaaaaaaou !

— Je te tiens !

Prudent, Kakashi les interroge.

— Vous avez vérifié que c'est bien Tora ? Est-ce qu'il a un ruban sur l'oreille droite ?

— Oui, c'est bon, répond Sasuke.

— O.K. Opération « Retrouver le chat » terminée ! lance Kakashi, très sérieux.

Une heure plus tard, l'équipe de Kakashi est réunie dans la salle des missions. Face à eux se trouve la réception, un grand comptoir derrière lequel se tiennent le maître Hokage, Iruka et quelques autres Ninjas.

— Aaah, mon petit Tora ! s'écrie une voix aiguë. Comme je suis contente ! Mais pourquoi tu t'es sauvé ? J'étais inquiète, moi !

C'est Madame Shijimi, l'épouse du seigneur du Pays du Feu, une grosse femme très maquillée. Elle serre le petit chat contre elle de toutes ses forces…

Miaaaaaouu !

… Et il n'a pas l'air d'apprécier !

« Je comprends mieux pour-quoi il s'est enfui ! songe Sakura. Le pauvre ! »

Haha, bien fait pour toi, sale bête !

— Bien ! lance la voix grave du maître Hokage. L'équipe numéro 7 maintenant, dirigée par Kakashi. Quelles missions avons-nous pour vous… ?

Et si on pouvait avoir quelque chose de sympa cette fois, ce serait pas mal !!

Du regard, le maître Hokage balaie la feuille qu'il tient dans sa main, tire une bouffée sur sa pipe, puis reprend.

— Hum… D'abord, garder le petit-fils du doyen du village… Ensuite, une livraison au village

voisin… Ah, et il faudra donner un coup de main à la récolte des pommes de terre…

— Ah non !! s'écrie Naruto. Pas question ! ça suffit les missions stupides ! Je veux faire un truc intéressant.

« Mais quel casse-pieds celui-là ! pense Sakura. Toujours à se faire remarquer… »

Kakashi soupire : il se doutait bien que Naruto ne tiendrait pas longtemps.

Même Sasuke est d'accord avec lui… Toutes ces corvées deviennent ennuyeuses, à force.

Furieux, Iruka se lève.

— Tu n'as pas honte, Naruto ?! Tout le monde com-

AH NON!! PAS QUESTION! ÇA SUFFIT LES MISSIONS STUPIDES !

JE VEUX FAIRE UN TRUC INTÉRESSANT.

mence par des missions faciles. On progresse par étapes, et personne ne peut sauter un échelon!

— Ouais, et bah j'en ai quand même marre de ces missions complètement nazes !

Kakashi envoie une tape derrière le crâne de Naruto.

— Calme-toi, idiot !

Le maître Hokage sourit. Naruto a réussi à faire honte à

ses deux senseï devant lui...
Décidément, ce garçon ne sait
pas se tenir !

Un drôle de client

— **N**aruto ! commence le maître Hokage. Je vais t'expliquer comment fonctionne le système des missions à Konoha. J'ai l'impression que tu n'as pas encore bien saisi…

Oh, non, il va me faire la morale, maintenant ! Pff…

— Chaque jour, le village

reçoit beaucoup de demandes, qui vont de la garde d'enfant à l'assassinat. Nous répartissons ces missions en quatre catégories, A, B, C et D, selon le niveau de difficulté.

Bla, bla, bla…

— Tu sais qu'il existe une hiérarchie entre les Ninjas du village, établie en fonction de leurs capacités. C'est moi qui me trouve au sommet. Juste en dessous, il y a les Ninjas de niveau supérieur. Ensuite, on trouve les Ninjas de niveau moyen, et tout en bas, les aspirants Ninjas.

De toute façon, moi, je ne resterai pas en bas longtemps !

— Les missions de catégorie A

TU COMPRENDS POURQUOI VOUS QUI ÊTES DE TOUT NOUVEAUX ASPIRANTS,

VOUS NE POUVEZ FAIRE QUE DES MISSIONS DE CATÉGORIE D.

sont réservées aux Ninjas de niveau supérieur, les missions de catégorie B aux Ninjas de niveau moyen. Les missions de catégorie C peuvent être accomplies par des Ninjas de niveau moyen, ou par des aspirants Ninjas. Et enfin, les missions de catégorie D sont confiées aux aspirants Ninjas.

Ouais... Autant dire qu'on fait tous les trucs nuls...

— Enfin, quand la mission a

été remplie, le client nous verse une rémunération. Voilà tout le processus des missions à Konoha, Naruto. Tu comprends pourquoi vous qui êtes de tout nouveaux aspirants, vous ne pouvez faire que des missions de catégorie D.

Le maître Hokage prend une liste de missions dans la main, et relève la tête pour la montrer à Naruto… qui est assis par terre, le dos tourné !

— Hier, j'ai mangé des nouilles au porc… aujourd'hui, je pourrais en prendre au miso ? marmonne-t-il.

— Mais enfin Naruto ! s'écrie le maître Hokage. Écoute-moi !

Kakashi s'excuse aussitôt, très gêné par le comportement de son élève, mais Naruto s'en fiche complètement. Au contraire, il en rajoute.

— Pff... Tous ces discours, c'est toujours la même chose ! J'en ai marre que vous me preniez toujours pour un cancre, qui ne fait que des bêtises !

« C'est pas vrai..., se dit Kakashi. Ça va me retomber dessus, tout ça ! »

Iruka a lui aussi un visage inquiet. Mais quand il voit l'expression du maître Hokage, il se détend.

— Très bien, Naruto, lance le maître en souriant. Puisque tu insistes… Je vais vous confier une mission de catégorie C.

Une mission de catégorie C ?

Le reste de l'équipe n'en revient pas, et même Kakashi a l'air complètement incrédule.

— C'est une mission d'escorte, continue le maître Hokage.

« Naruto a beaucoup changé. Il y a peu de temps encore, il ne se serait pas comporté comme ça », songe le vieil homme, en

WHAOU !

regardant le visage réjoui de Naruto.

— On doit escorter qui ? Hein ? demande le jeune Ninja. Un gouverneur ? Une princesse ?

— Du calme, Naruto ! soupire le maître Hokage. Je vais vous présenter tout de suite la personne que vous devrez escorter.

Il se tourne vers la porte, et appelle :

— Vous pouvez entrer, maintenant…

La porte coulisse doucement, pour révéler… une bouteille de Saké !

C'est une blague ou quoi ?

— C'est qui, eux ? lance une voix désagréable. Ça m'a l'air d'un vrai groupe de minus !

Le regard de l'équipe de Kakashi s'arrête sur un vieil homme très étrange. Grand et gros, il a une ficelle nouée autour du front, de petites lunettes et un énorme sac à dos sur les épaules. Il boit une gorgée de Saké, s'appuie contre la porte et

lance un regard méprisant vers l'équipe.

— Surtout le plus petit, il a une vraie tête d'ahuri. C'est pas un Ninja, quand même ?

Naruto éclate de rire en tournant la tête dans tous les sens.

Un petit à tête d'ahuri ? De qui il parle ?

Mais au bout de quelques secondes, il s'arrête brusquement.

Quoi ? Mais c'est moi le plus petit ! Il parle de moi, là ?

— Je vais le massacrer !!! hurle-t-il en s'élançant vers l'homme.

— Du calme, Naruto ! s'écrie Kakashi en le retenant par le col.

Tu ne voudrais quand même pas tuer la personne qu'on est censé escorter ?

— Je m'appelle Tazuna, et je suis charpentier. Je suis spécialisé dans les ponts. Et d'ailleurs, j'en ai un à finir dans mon Pays. Votre mission, c'est de m'accompagner là-bas, et de me protéger jusqu'à la fin des travaux.

JE M'APPELLE NARUTO UZUMAKI !

UN JOUR, JE SERAI HOKAGE, LE PLUS GRAND DES NINJAS !

En route !

Une heure plus tard, l'équipe se retrouve devant la grande porte de Konoha, et s'apprête à se mettre en route.

— C'est parti !! lance Naruto, ravi.

Il est très agité, et sourit jusqu'aux oreilles. Sakura lui jette un regard supérieur.

— Dis donc, tu as l'air très excité…

— Ouais, c'est la première fois que je sors du village ! s'écrie Naruto, un immense sourire aux lèvres.

Aussitôt, le charpentier jette un regard noir à Kakashi.

— Vous pensez vraiment que je suis en sécurité avec ce gamin ?!

Kakashi éclate de rire devant l'air furieux de Naruto.

— Ne vous inquiétez pas, répond-il. Avec moi, vous ne craignez rien.

Il commence à m'énerver ce papi! C'est pas vraiment un client agréable… Je vais lui montrer qui je suis !

— Dis donc papi, tu ne sais pas qu'il ne faut jamais sous-estimer un Ninja ? hurle-t-il. Tu ne sais pas à qui tu parles ! Je m'appelle Naruto Uzumaki ! Un jour, je serai Hokage, le plus grand des Ninjas ! Je te conseille de t'en souvenir !

Tazuna porte la bouteille de Saké à sa bouche en haussant les sourcils.

— Hokage… C'est le Ninja le plus fort du village, non ? Je ne crois pas que tu sois à la hauteur, petit…

Naruto devient tout rouge, et recommence à hurler.

— N'importe quoi ! Je ferai tout pour être Hokage ! Et

quand j'aurai réussi, même toi, tu seras obligé de reconnaître ma valeur !

Pas impressionné du tout, Tazuna boit une gorgée.

— Tu te fais des illusions, petit. Que tu deviennes Hokage ou pas... ça ne changera pas mon opinion sur toi !

Le groupe s'engage dans la forêt qui borde Konoha, et avance rapidement... Même si Kakashi doit retenir Naruto, qui essaie sans arrêt de se jeter sur leur client !

Petit à petit, la discussion s'engage.

— Tazuna, demande Sakura,

vous venez du Pays des Vagues, c'est ça ?

— Oui, c'est ça.

Sakura semble réfléchir une seconde, puis se tourne vers Kakashi.

— Maître ? Il n'ont pas de Ninjas, là-bas ?

— Non, Sakura, répond Kakashi. Le Pays des Vagues n'a pas de Ninjas, contrairement à la plupart des autres Pays. D'habitude, les Pays ont aussi un village caché, même si la culture y est différente de la nôtre.

Kakashi profite du chemin pour donner un cours accéléré à ses élèves.

— Il y a cinq grands Pays, qui

sont les plus importants : le Pays du Feu – le nôtre, dont le village caché est Konoha. Le Pays du Vent, dont le village caché est Suna, le Pays de l'Eau, dont le village caché est Kiri, le Pays de la Foudre, dont le village caché est Kumo et enfin le Pays de la Terre, dont le village caché est Iwa.

La voix grave de Kakashi résonne dans le silence de la forêt jusqu'à deux inquiétantes silhouettes, cachées dans les feuillages… Mais le grand Ninja n'a rien remarqué, et il poursuit sa leçon.

— Ces villages cachés représentent la puissance militaire

d'un Pays. Le fait d'avoir un village de Ninjas permet de maintenir l'équilibre entre les Pays voisins. Attention, ces villages ne sont pas sous l'autorité des gouvernements des Pays ! Ce sont plutôt des forces équivalentes, qui ont autant de pouvoir l'une que l'autre. Certains petits Pays n'ont rien à craindre des grandes puissances qui les entourent, et n'ont donc pas besoin d'un village caché. Comme le Pays des Vagues, par exemple, qui n'est qu'un tout petit archipel…

D'un regard, Kakashi vérifie que ses élèves suivent. Avec un petit sourire satisfait, il ajoute :

— Les villages cachés des cinq grands Pays sont les plus puissants. Ils sont dirigés par les plus grands Ninjas. Ils portent chacun un titre différent : chez nous, c'est le Hokage. Au Pays du Vent, c'est le Kazekage. Pour le Pays de l'Eau, c'est le Mizukage, au Pays de la Foudre, le Raikage, et au Pays de la Terre, le Tsuchikage. À eux cinq, ils règnent sur tous les Ninjas du monde !

Sakura n'en revient pas. « L'Hokage est tellement vieux... J'ai du mal à croire qu'il soit si puissant ! » Mais pas question de se faire mal voir par le prof.

— Wahou ! s'écrie-t-elle. Je ne me rendais pas compte que le maître Hokage était si fort !

Kakashi sourit devant l'enthousiasme de Sakura. Mais il ne voudrait pas non plus inquiéter ses élèves, avec toutes ces histoires de Ninjas.

— De toute façon, pas d'inquiétude, ajoute Kakashi. C'est une mission de catégorie C, on n'aura pas de Ninjas à combattre !

— Ah bon ? On ne va pas ren-

contrer de Ninjas des autres Pays, alors ? demande Sakura, déçue.

Kakashi éclate de rire, et pose la main sur la tête de Sakura.

— Bien sûr que non !

Tazuna avale sa salive, l'air sombre. Ce détail n'échappe pas à Sasuke, qui lui lance un coup d'œil inquiet. « Hum… se dit-il. Il est bizarre, celui-là. »

Alors que le groupe continue d'avancer sur le chemin, le regard de Kakashi est attiré par une flaque d'eau. Un éclair passe dans son œil droit, celui qui n'est pas couvert par son bandeau frontal, mais le grand Ninja ne dit rien.

L'équipe avance d'un mètre, quand l'eau de la flaque se met à frémir. Soudain, une tête surgit de l'eau !

Premier combat

Presque en un instant, ce sont deux corps qui surgissent de la flaque, dans le dos de l'équipe. Deux Ninjas. Ils portent un masque qui cache le bas de leur visage. Et ils ont chacun un monstrueux bras en acier, prolongé par des griffes effrayantes. De ces bras sort une

chaîne qui semble les relier l'un à l'autre.

Le premier Ninja bondit au-dessus du groupe. Tout se passe en une fraction de seconde : la chaîne se déploie dans les airs, puis s'enroule autour de Kakashi.

— Qu… Quoi ?

Avant qu'il puisse faire quoi que ce soit, le grand Ninja est ligoté, la chaîne l'empêchant de faire le moindre mouvement.

— Qu'est-ce qui se passe ?! hurle Naruto.

Sakura se retourne et crie à son tour. Tout le groupe regarde maintenant Kakashi immobilisé, entouré par les deux terrifiants Ninjas.

— Et de un ! lance le premier Ninja, d'une voix grinçante.

L'œil agrandi de surprise et de colère, Kakashi ne bouge pas d'un pouce.

Les trois aspirants Ninjas observent la scène, terrorisés. Des gouttes de sueur perlent sur le front de Tazuna. « Ce sont des Ninjas ? »

Soudain, dans un mouvement parfaitement synchronisé, les deux Ninjas lancent leur bras en avant, tirant chacun d'un côté avec une force extraordinaire.

La chaîne se resserre autour de Kakashi… Il n'a aucune chance, il va être pulvérisé !

Sakura pousse un hurlement désespéré.

— Maître Kakashi !!! s'écrient au même moment Sasuke et Naruto.

C'est pas vrai… Il est… mort ?

Mais Naruto n'a pas le temps de comprendre ce qui vient de se dérouler sous ses yeux. Déjà les deux Ninjas sont derrière lui. Il sent leur souffle sur son cou.

— Au suivant ! ricane le second Ninja.

Quand Naruto tourne la tête, il voit les deux bras monstrueux s'élever, prêts à frapper. La

chaîne se déploie et fonce vers lui, comme un serpent métallique.

« Cette fois-ci, je ne les laisserai pas faire ! » D'un bond, Sasuke s'élance au-dessus des Ninjas, attrape un Shuriken et

un Kunaï, et lance le Shuriken avec une précision extrême. L'arme tournoie à toute allure, heurte la chaîne et la cloue à un arbre.

Surpris, les Ninjas tournent la tête… pour voir Sasuke planter son Kunaï dans le Shuriken. Maintenant, la chaîne ne bougera plus !

L'un des Ninjas tente de tirer sur la chaîne, mais son bras est arrêté brutalement. L'autre, à quelques centimètres de lui, tente à son tour de se libérer, sans succès.

« Je suis bloqué ! » pense-t-il, perturbé par l'attaque de Sasuke.

QUI SONT-ILS ?

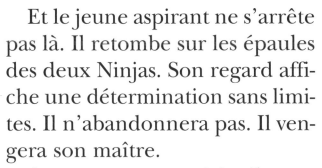

Et le jeune aspirant ne s'arrête pas là. Il retombe sur les épaules des deux Ninjas. Son regard affiche une détermination sans limites. Il n'abandonnera pas. Il vengera son maître.

Avec un geste précis, il pose une main sur chaque bras mécanique, et avec une force spectaculaire, tire les Ninjas vers l'arrière, les forçant à reculer. Plus

ils reculent, plus ils s'éloignent de l'arbre, et plus la chaîne se tend…

J'ai compris son plan ! Whaou, il est vraiment super fort !

Les deux Ninjas ont beau résister, leurs bras prisonniers les handicapent trop. Et soudain, dans un bruit affreux, la chaîne cède ! Tandis que Sasuke retombe sur le sol, les deux Ninjas se séparent. L'un d'eux se dirige vers Naruto, et l'autre fonce sur Tazuna et Sakura !

Naruto pousse un cri en voyant le Ninja lever son bras mécanique au-dessus de sa tête.

Cette fois, je sais pas comment je vais m'en sortir !!

« Il vient droit sur nous ! comprend Sakura. Ma mission est de protéger Tazuna ! »

— Allez vous mettre à l'abri ! hurle-t-elle, en se plaçant devant le gros homme.

Elle a sorti un Kunaï, et se prépare à combattre l'effrayant Ninja qui s'avance vers elle.

Sasuke s'est relevé, et a évalué la situation en une seconde. Il se précipite devant Sakura, bien décidé lui aussi à accomplir au mieux la mission qui leur a été confiée. Tous deux voient le bras mécanique du second Ninja fendre l'air…

… et une silhouette passe devant eux, si rapide qu'ils ont

du mal à voir ce qu'il se passe. Un bruit sourd, un choc, puis un autre, un cri…

Quand enfin le calme revient, ils comprennent : Kakashi se tient devant eux, un Ninja sous chaque bras, l'air aussi détendu que d'habitude !

Le visage de Naruto affiche un mélange de surprise, de soulagement et d'incompréhension.

Il est vivant ! Mais comment… ?

— Maître Kakashi ! s'exclame Sakura. Vous étiez vivant !!

Sasuke fronce les sourcils. « Je m'en serais très bien sorti sans lui… »

Je comprends… Il a utilisé une technique de permutation ! Ce n'est

pas lui qui a été pulvérisé par la chaîne tout à l'heure !

Le charpentier, lui, pousse un soupir de soulagement. « J'ai cru que ma dernière heure était arrivée ! »

Une mission de catégorie B ?

La voix grave de Kakashi retentit dans le silence étrange qui suit ce premier combat.

— Désolé, Naruto. J'aurais dû intervenir plus tôt, avant que tu sois blessé. Mais je ne pensais pas que tu resterais immobile comme ça !

Puis il se tourne vers les deux autres aspirants.

— Bravo, Sasuke, tu t'es bien battu ! Toi aussi, Sakura, c'était bien.

Pff... J'ai été incapable de réagir. Alors que Sasuke, lui... C'est dingue ! C'était notre premier combat, mais il n'a pas eu peur du tout.

Naruto regarde Sasuke, aussi silencieux et immobile que d'habitude. Il a le même visage sombre et concentré. Les mains dans les poches, il attend.

En plus, maintenant, on dirait qu'il ne s'est rien passé. Il ne s'est même pas sali ! Pourtant, il s'est battu comme un vrai Ninja, et... il m'a sauvé la vie !

La voix de Sasuke interrompt les pensées de Naruto.

— Alors… Pas trop mal, le trouillard ? lance-t-il avec un petit sourire ironique.

Naruto rougit, serre les poings et s'apprête à se précipiter sur Sasuke… mais Kakashi commence à connaître ses élèves.

— Naruto ! s'exclame-t-il. Ce n'est pas le moment de se battre ! Les griffes de ces Ninjas sont trempées dans du poison. On doit désinfecter ta blessure rapidement.

Naruto regarde sa blessure, qu'il avait presque oubliée. L'un des Ninjas l'a touché à la main, mais les deux coupures ne lui

semblaient pas bien graves, avant qu'on lui parle de poison…

— Il faut ouvrir la plaie, continue Kakashi. Le sang empoisonné doit être évacué. Et surtout, évite de bouger : ça ne fait qu'accélérer la circulation du poison dans ton sang.

Les deux Ninjas toujours sous le bras, Kakashi se dirige vers un arbre. Soudain, il tourne la tête.

— Tazuna !

— Oui ? répond le gros homme, surpris.

Le grand Ninja le regarde d'un œil sombre.

— Je crois qu'on va devoir parler tous les deux…

Toute l'équipe travaille pour attacher solidement les deux Ninjas au tronc d'un arbre.

Même attachés comme ça, ils font peur !

— Ce sont des Ninjas de niveau moyen, qui viennent du village caché de Kiri, explique Kakashi. Des combattants redoutables, qui n'abandonnent jamais.

Un des Ninjas lui jette un regard noir.

— Tu avais prévu notre attaque. Comment as-tu fait ?

— Eh bien, c'est très simple. Il fait très beau, et il n'a pas plu depuis plusieurs jours. Du coup, cette flaque d'eau sur le chemin m'a tout de suite paru bizarre…

— Mais…, le coupe Tazuna. Si vous saviez qu'ils étaient là, pourquoi est-ce que vous avez laissé ces enfants combattre ?

Kakashi se tourne alors vers le charpentier, avec un sourire soupçonneux.

— J'aurais pu les tuer très facilement, c'est vrai… Mais je devais d'abord découvrir qui était leur cible.

Tazuna a l'air de plus en plus mal à l'aise.

— Qu'est-ce que vous voulez dire ?

Fronçant le sourcil, Kakashi reprend :

— Je voulais savoir si c'était vous, leur cible, ou si c'était l'un

CE SONT DES NINJAS DE NIVEAU MOYEN, QUI VIENNENT DU VILLAGE CACHÉ DE KIRI. DES COMBATTANTS REDOUTABLES, QUI N'ABANDONNENT JAMAIS.

de nous. Nous avons pour mission de vous protéger des voleurs… Mais vous n'avez jamais expliqué que des Ninjas vous menaçaient… Si cette mission implique des Ninjas, elle passe en catégorie B. Ce n'est plus aussi simple que d'assurer votre protection jusqu'à ce que le pont soit terminé.

Tazuna garde le silence, et baisse la tête.

— Évidemment, si la mission avait été classée tout de suite en catégorie B, le prix aurait augmenté… Hum… Vous aviez sans doute une bonne raison de nous cacher la vérité, mais ce mensonge par omission change tout. La situation est délicate.

Sakura profite de l'instant de silence qui suit la déclaration de Kakashi pour intervenir.

— On n'est pas prêts pour une mission de catégorie B. Je propose qu'on laisse tomber. En plus, on doit trouver un anesthésiant pour ouvrir la plaie de Naruto, et enlever le poison. Donc de toute façon, on doit rentrer au village pour trouver un médecin !

ON DOIT RENTRER AU VILLAGE POUR TROUVER UN MÉDECIN !

Sans un mot, Kakashi tourne la tête vers Naruto. Il évalue la situation, puis soupire en regardant son équipe.

— C'est vrai qu'on ne peut pas continuer dans ces conditions. Bon. Rentrons au village pour soigner la blessure de Naruto.

Le Diable

Alors tout va rater à cause de moi, c'est ça ? Pas question !

Tout à coup, le visage de Naruto se contracte. Il a pris une décision. En un éclair, il s'empare d'un Kunaï.

Pourquoi est-ce que Sasuke est toujours meilleur que moi ? Pourquoi

jours meilleur que moi ? Pourquoi

est-ce que je suis toujours en retard sur tout ?

Personne n'a le temps de réagir, et toute l'équipe le regarde enfoncer le Kunaï dans sa blessure à la main !

— Naruto ! s'écrie Sakura. Qu'est-ce qui t'arrive ? Ça va pas la tête !

Pourtant j'aurais dû m'améliorer ! J'ai fait plein de missions, et je m'entraîne sans arrêt.

Dans le regard que Sasuke lance à Naruto, la surprise se mêle à l'admiration.

À partir de maintenant, je m'en sortirai tout seul, sans que personne vienne me sauver. Et la prochaine fois, pas question que la peur me

cloue sur place ! Je vais rattraper Sasuke…

La voix de Naruto s'élève soudain, étonnamment forte.

— Je jure sur la douleur que je ressens maintenant d'utiliser ce Kunaï pour protéger Tazuna ! On ne rentre pas au village tant que la mission n'est pas terminée !

La lueur déterminée qui brille dans les yeux de Naruto laisse le reste du groupe muet.

— Euh… Naruto ? finit par dire Kakashi. C'est bien d'évacuer le poison, mais maintenant, ça suffit, il faut soigner la plaie. Sinon, tu vas te vider de ton sang ! ajoute-t-il avec un sourire malicieux.

Aussitôt, Naruto panique complètement.

— Aaaaah ! Non, je ne veux pas mourir comme ça !!

La surprise passée, Sakura redevient elle-même. Les mains sur les hanches, elle fusille Naruto du regard.

— T'es vraiment bizarre, toi !

Kakashi s'approche de Naruto, qui est de plus en plus agité.

— Fais-moi voir ça, murmure le grand Ninja, en prenant la main de Naruto pour examiner sa blessure.

Mais ce qu'il voit lui fait aussitôt retrouver son sérieux. « Ça alors ! se dit-il. La plaie est presque cicatrisée ! »

— Dites ? demande Naruto, très inquiet. Je vais m'en sortir ?

— Oui, le rassure Kakashi. Tout ira bien.

« Ce doit être le pouvoir du renard à neuf queues qui lui permet de cicatriser si rapidement… »

La voix de Tazuna interrompt les réflexions du grand Ninja.

— Maître Kakashi ? Si vous avez une minute, j'aimerais vous parler…

Quelque part au cœur de la forêt, dans une large cabane de bois accrochée aux arbres, un cri résonne.

— Quoi ? Comment ça, ils

n'ont pas réussi ?! hurle un petit homme en costume noir.

En face de lui, un groupe de Ninjas est à genoux, têtes baissées. Le petit homme, qui paraît encore plus minuscule à côté de son immense garde du corps, devient rouge de colère.

— Je vous ai choisis pour ce travail parce qu'on m'a garanti que vous étiez d'anciens Ninjas très puissants. Ne me dites pas que j'ai dépensé tout cet argent pour rien ?!

Soudain, un bruit attire l'attention du petit homme. Son regard se tourne vers le mystérieux Ninja assis dans un fauteuil, un peu à l'écart des autres.

Il est très grand, et porte un masque qui couvre tout le bas de son visage. Il a un air sombre et particulièrement effrayant. Sa main vient de se poser sur la garde de son gigantesque sabre... Le petit homme devient blanc.

— Arrêtez de vous plaindre, lance le mystérieux Ninja. Je vais

m'occuper moi-même de votre homme… Et je lui trancherai la tête !

Alors que ses paroles résonnent encore dans la pièce, le Ninja fait basculer son immense sabre vers l'avant et le pointe droit sur le petit homme, qui doit reculer de trois pas pour ne pas être découpé.

— Heu… bégaye l'homme, tout tremblant. Tu es sûr ? On dit qu'il est accompagné par des Ninjas. Et puis les frères démons les ont déjà attaqués, ils vont se méfier maintenant.

— Pour qui me prenez-vous ? lance la voix glaciale du Ninja. Je vous rappelle que je suis Zabuza

Momochi, et je peux vous assurer que je mérite mon surnom de Diable.

> TOUT CE BROUILLARD ! ON N'Y VOIT RIEN...

Le Pays des Vagues

Quelques heures plus tard, Tazuna, Kakashi et les trois aspirants Ninjas sont réunis sur une barque, guidée par un marin. La mer est calme, et tout est silencieux.

— Tout ce brouillard ! soupire Sakura. On n'y voit rien…

— On va bientôt voir le pont, explique le marin. Ensuite, il suffira de le longer pour arriver au Pays des Vagues.

Ah, ah, je suis sûr que je serai le premier à le voir !

Le silence retombe, et tous plissent les yeux, pour tenter d'apercevoir le fameux pont au travers de l'épais brouillard qui les entoure. Soudain, le visage de Naruto s'illumine.

— Whaaaou !! Il est vraiment énorme, ce pont !!

— Chut ! lui ordonne aussitôt le marin. Qu'est-ce qui vous prend de hurler comme ça ? Si

on avance à la rame, moteur coupé, et cachés dans le brouillard, c'est pour une bonne raison… Si Gatô nous découvre, on aura de gros problèmes !

Zut, j'avais pas pensé à ça !

Le silence retombe, pendant que tous repensent à ce que leur a révélé Tazuna, quelques heures plus tôt…

Il a confirmé les soupçons de Kakashi, en avouant qu'un homme extrêmement dangereux cherchait à l'éliminer.

Le visage de Kakashi a changé quand Tazuna a prononcé le nom de cet homme : Gatô. C'est la première fois que je le voyais réagir comme ça. Il est si calme d'habitude.

Là, il avait presque l'air d'avoir peur...

Naruto repense au dialogue qui a suivi.

— Le propriétaire de la *Gatô Company* ? a demandé Kakashi, incrédule. Il paraît que c'est l'un des hommes les plus riches du monde !

Tazuna leur a expliqué que Gatô était connu comme homme d'affaires dans le transport maritime, mais que ce métier n'était qu'une façade. En réalité, ce Gatô dirige une organisation de gangsters et de Ninjas, et son argent vient du trafic de drogue. Son but est de contrôler des lieux clés, et même des pays entiers.

— Depuis un an environ, Gatô s'intéresse au Pays des Vagues, leur a expliqué Tazuna. Grâce à l'argent et à la violence, il a pris le contrôle de toute l'industrie navale du Pays.

— Je comprends, l'a coupé Sakura. Comme vous construisez ce pont, il veut vous tuer.

— Et les deux Ninjas qui nous ont attaqués travaillaient pour lui, a terminé Sasuke.

Ils m'énervent ces deux-là. Moi je n'avais pas compris grand-chose à ce moment-là !

Ce que Kakashi n'a pas compris, lui, c'était pourquoi Tazuna leur avait menti, alors qu'ils risquaient une attaque de Ninjas… Mais le charpentier leur a avoué que le Pays des Vagues manquait d'argent, et qu'il n'aurait pas pu payer une mission de catégorie B.

Naruto rit silencieusement. *Ensuite, Kakashi s'est bien fait avoir !*

— Si vous choisissez de rentrer, leur a dit Tazuna, je me ferai tuer, c'est certain. Mais ne vous inquiétez pas, ça ne fait

rien. Il n'y a que mon petit-fils de dix ans qui sera triste.

Tazuna a continué à les attendrir en parlant de sa fille, qui en voudrait aux Ninjas de Konoha pour toujours... Et Kakashi a cédé : il a accepté d'escorter Tazuna, au moins jusqu'à chez lui.

En tout cas, ce n'est pas une mission banale !

Naruto est tiré de ses pensées par le marin.

— On est presque arrivés, dit-il d'un air inquiet. Tazuna... Pour l'instant, je crois qu'on ne nous a pas repérés. Mais il faut être prudent : on va passer par la côte, là où il y a beaucoup de

végétation. On pourra se dissimuler entre les arbres jusqu'à la terre ferme.

La barque passe sous une des arches du pont. Quand elle débouche de l'autre côté, Naruto est fasciné par ce qu'il découvre : des arbres qui poussent dans l'eau !

Après quelques minutes à naviguer entre les racines géantes des arbres, l'équipe arrive enfin à un ponton. Kakashi, les aspirants Ninjas et Tazuna débarquent.

— Je ne vous accompagne pas plus loin, lance le marin. Fais attention, Tazuna.

— Merci pour tout ! répond Tazuna.

Il reste un instant à regarder la barque s'éloigner, puis se retourne joyeusement vers l'équipe.

— Allons-y ! Et protégez-moi bien, hein ?!

— Mais oui... soupire Kakashi.

« S'ils nous attaquent encore, ce sera plus sérieux, se dit-il. Ils enverront un Ninja de niveau supérieur... »

CHAPITRE 8

Les grands moyens

Naruto, lui, avance d'un pas déterminé, en jetant des coups d'œil discrets à Sasuke. *Je te préviens, Sasuke : cette fois-ci, ce ne sera pas toi la star... Oh ! J'ai entendu un bruit, j'en suis sûr !*

Naruto s'arrête, tourne la tête dans tous les sens, sort un Shuriken et soudain… le lance de toutes ses forces en hurlant :

— Là, dans le buisson !!

Les autres se figent, surpris. Le Shuriken s'enfonce dans le buisson, et tous attendent en silence. Mais rien ne se passe.

— Hum… commence Naruto. Ça devait être un animal…

— Naruto !! s'énerve Sakura. Arrête de crâner ! Il n'y avait rien du tout dans ce buisson !

Soulagé, Kakashi soupire :

— Et évite de lancer tes Shuriken pour rien, s'il te plaît. C'est dangereux !

Tazuna, encore tremblant de

LÀ, DANS LE BUISSON !!

peur, hurle à son tour sur Naruto, mais le jeune Ninja ne l'écoute pas.

Cette fois, j'en suis sûr ! J'ai vu une ombre bouger, là !

Et *hop !* Naruto envoie un autre Shuriken dans le buisson.

— Arrête ça, maintenant ! s'exclame Sakura, en envoyant une bonne claque derrière le crâne de Naruto.

— Mais je t'assure, quelqu'un nous observait ! se justifie Naruto.

Pendant que les deux aspirants se disputent, Kakashi avance dans le buisson. Il est méfiant. Il soulève des branchages, et découvre… un lièvre terrorisé, juste à côté de l'endroit où s'est planté le Shuriken !

— Naruto !! J'espère que tu es fier de toi ! s'écrie Sakura, en découvrant le lièvre.

— Désolé, petit lapinou, chu-

chote Naruto, en serrant dans ses bras l'animal de plus en plus inquiet.

— C'est pas vrai, tout ce bazar pour un lièvre ! s'exclame Tazuna.

Kakashi se tient à l'écart, préoccupé.

« Ce lièvre a son pelage d'hiver alors qu'on est au printemps… se dit-il. Comment ça se fait ? S'il a gardé son pelage blanc, c'est sûrement parce qu'il a été élevé dans une pièce avec peu de lumière. Sans doute pour servir à une permutation… Ce qui signifie que notre comité d'accueil est déjà là ! »

Effectivement, à quelques

mètres à peine, dissimulé dans un arbre, un Ninja les observe. Zabuza.

« Je ne suis pas surpris que les frères démons n'aient pas réussi, songe-t-il. Ils n'étaient pas de taille à vaincre Kakashi et son Sharingan... »

Un bruit infime alerte Kakashi.

— Tout le monde à terre ! hurle-t-il. VITE !

L'équipe se jette au sol, juste à temps pour éviter l'énorme sabre de Zabuza, qui tournoie dans les airs, à un centimètre de leurs têtes.

Qu'est-ce que c'est ? Ça va tellement vite que je ne vois rien. Je me suis encore laissé surprendre...

88

Le sabre s'enfonce profondé-
ment dans un arbre derrière
eux, parfaitement horizontal.

En un éclair, Kakashi relève la
tête. Son regard croise celui de
Zabuza, qui se tient debout sur
le manche de son sabre. Grand,
droit, impressionnant.

*Ah, voilà le moment idéal ! Je ne
vais pas laisser Sasuke tout faire
cette fois !*

— Zabuza Momochi… lance Kakashi. Le Ninja déserteur du village de Kiri…

— J'y vais ! s'écrie Naruto, en s'élançant courageusement.

Mais il n'a pas fait deux pas que Kakashi l'arrête.

— Ne restez pas là, ordonne-t-il. Reculez-vous. Celui-là est beaucoup plus fort que les deux Ninjas de tout à l'heure.

Inquiétés par le ton sérieux de leur maître, les trois aspirants Ninjas lèvent les yeux vers l'effrayant Ninja, qui est resté parfaitement silencieux.

— Pour l'affronter, commence Kakashi, je vais devoir employer les grands moyens !

Le grand Ninja porte la main
à son bandeau frontal.

Quoi ? Il va relever son bandeau ?
Je vais enfin voir son œil gauche…
Le secret de Kakashi !

FIN

etrouve Naruto, Sasuke et Sakura

dans le tome 5 :

Le déserteur

Bonjour, je suis le professeur **Iruka** et je m'intéresse de très près à l'apprentissage de Naruto.

L'équipe n°7 est face à un ennemi de taille : Zabuza, le Diable ! Kakashi est-il aussi fort qu'on le dit ? Peut-il protéger son équipe et Tazuna ? Un combat redoutable commence...

L'apprentissage de Naruto

continue en Bibliothèque Verte !

1
Les techniques secrètes

2
Les aspirants Ninjas

3
L'épreuve de Kakashi

« Pour l'éditeur, le principe est d'utiliser des papiers composés de fibres naturelles, renouvelables, recyclables et fabriquées à partir de bois issus de forêts qui adoptent un système d'aménagement durable. En outre, l'éditeur attend de ses fournisseurs de papier qu'ils s'inscrivent dans une démarche de certification environnementale reconnue. »

Imprimé en France par Jean-Lamour - Groupe Qualibris
Dépôt légal : septembre 2008
20.07.1614.5/01 – ISBN 978-2-01-201614-9
Loi n°49-956 du 16 juillet 1949
sur les publications destinées à la jeunesse